宋紹定丼闌題字冊

顧廷龍 編

國家圖書館出版社

驚心歲月思南渡，猶見君家舊井闌。石不能言應自痛，幾經水剩更山殘。剝而必復天之理，飲水思源記此泉。改邑由來不改井，有生終見中興年。

起潛仁兄教正　　菊生張元濟

吳湖帆繪《宋井闌顧衎復泉圖》

前　言

《宋紹定井闌題字册》是圖書館事業家、古籍版本目録學家、書法家顧廷龍先生製作的一部册頁。1998年，顧廷龍先生去世後，由其子顧誦芬珍藏。顧誦芬先生是我國航空科技工業領域著名飛機設計師，中國科學院、中國工程院院士。2016年，遵照父親遺願，顧誦芬先生將此册頁捐贈蘇州博物館。

此宋末年，中國大地上戰亂頻仍，包括黄河流域在内的廣大北方地區屬於金，西部還有吐蕃諸族和大理國等。宋靖康二年（1127），金兵進犯，宋朝廷南渡，定都臨安（今杭州），開始了歷史上稱之爲南宋的時期。"紹定"是南宋理宗的年號，從1228年到1233年，前後共計6年。

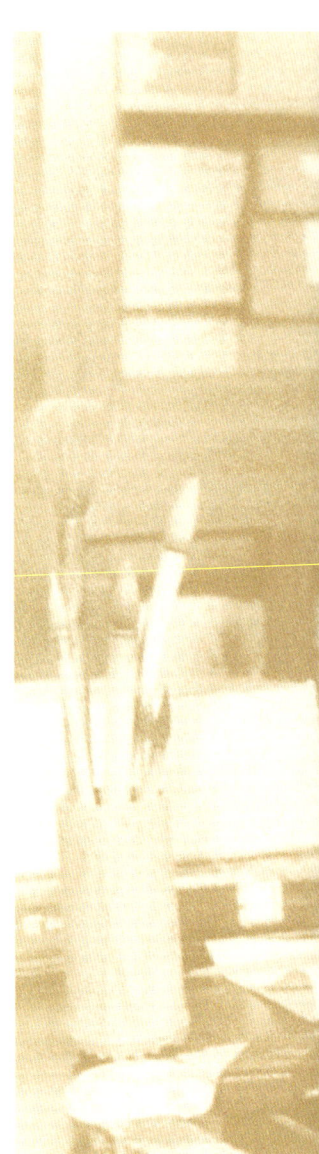

顧廷龍，字起潜，江蘇蘇州人。曾任燕京大學圖書館中文采訪主任。1939年應葉景葵、張元濟之邀赴滬，任私立合衆圖書館總幹事。後兼任暨南大學、光華大學教授。中華人民共和國成立後，歷任上海歷史文獻圖書館館長、上海圖書館館長、華東師範大學兼職教授，《中國古籍善本書目》主編、文化部國家文物鑒定委員會委員。編著有《說文廢字廢義考》、《章氏四當齋藏書目》、《顧廷龍書法選集》等。

顧廷龍工作照

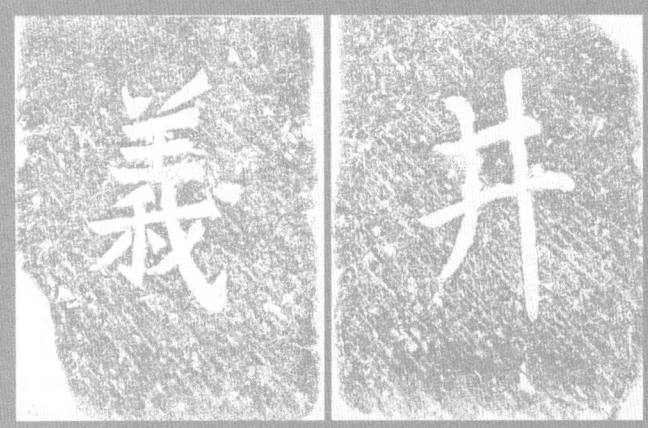

　　紹定三年（1230）的一天，距都城不遠的蘇州城內一戶姓沈的人家遭遇不幸，年僅三十歲的主婦王氏二娘因難產而死。一家人期待添丁增口的喜悅驟然變爲難產過程中的備受煎熬和親人去世後的舉家哀傷。悲痛欲絕的男主人爲悼念愛妻，與岳父一起鑿了一口井。按照當時的習俗，鑿井供衆人取水，是施善建德之舉，以此追薦死者并爲其祈求冥福，井被稱之爲"義井"。他用精心挑選的石料雕刻井闌加護於井口，在井闌銘文中記述了鑿此井的緣由。

　　從那以後400年，明崇禎七年（1634）四月，此石闌上增刻了"顧衙復泉"四個大字。

顧衙復泉義井

據晚清著名金石學家、文獻學家、收藏家葉昌熾先生在《語石》一書中考證，井闌上有銘刻見於梁代。蘇州歷史上多井，亦多井闌。蘇州文人對古井闌有很多記述。《語石》有記："惟吾鄉江浙間，南宋以後井闌始多有題字。"《語石》中"顧衙復泉"記爲"復泉"："余庚寅里居，取郡志按圖索驥，僅搜得宋元十餘通……嚴衙前有復泉，余欲物色之，分樹一幟，行荒榛瓦礫中，竟不可得。"

1915年，蘇州望族唯亭顧氏十三世顧祖慶買下了蘇州嚴衙前（今望星橋西塊十梓街116號）一個院落并對其進行了修葺。

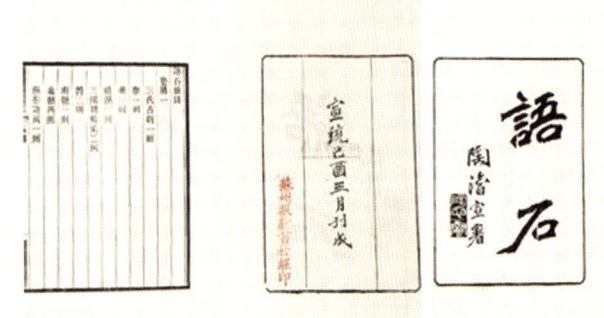

《語石》清宣統刻本書影

顧祖慶(1859—1919)，字繩武，號蔭孫。"元庠生，封中憲大夫。生而奇穎，六歲就塾，過目成誦，勤讀不輟，益劬於學，楷法率更。先後從游顧滋真、顧仞之、顧信芳、汪陶涵之門。應童試，輒列前茅。同治十三年 (1874)，以蘇郡第一人補元庠博士弟子員。後兩試，薦而未售，遂絶意進取，惟以養志承歡爲務。光緒四年 (1878)，以湖南協黔助賑，議叙中書科中書。是年，以父、叔、從叔相繼病故，由是摒棄詞章帖括，潛心經史有用之書，旁及諸子百家，兼通禪理。天懷曠淡，自奉菲薄，布衣蔬食，而性好施。于地方公益及鄰里戚族有不給者，恒輔助之。有子四女六。孫男十有一。"（沈津《顧廷龍年譜》P.4）

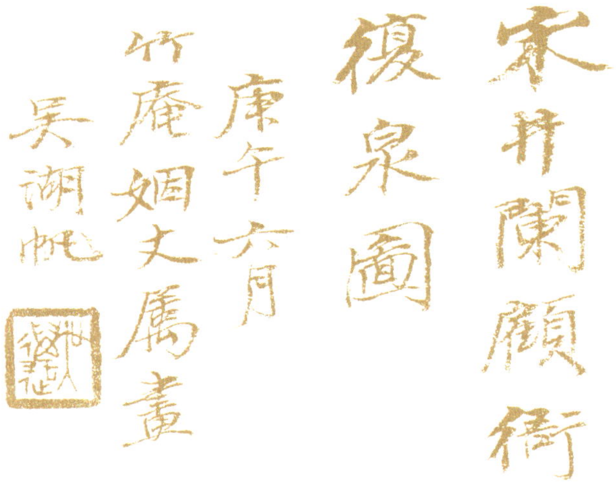

宋紹定井闌顧銜

復泉圖

庚午六月

竹庵姻丈屬畫

吳湖帆

想來應該是在一個風和日麗的日子，顧祖慶由自己三個兒子棨昌、元昌、錫昌陪同，在修葺一新的西院巡視，似在不經意間，發現了葉昌熾先生尋而未得的復泉井闌，"遂相顧訢喜，妥置於結蘅草廬之東序，顏其室曰復泉山館，冀與杉瀆橋管氏亨泉對峙焉"。

1930年2月，顧誦芬出生在嚴衖前的這座宅院裏。幼年記憶中，這個井闌被放置在老宅花廳的天井中。花廳是家裏請來的老師教孩子們讀書的地方，隨着年齡逐漸長大，他曾在這裏念書，也曾圍在井闌周圍嬉戲玩耍。

顧氏老宅內景

顧廷龍是顧元昌的長子，少年時就喜歡研究金石文字，顧元昌讓顧廷龍"携氈墨椎拓全闌"。

"闌爲八面，每面二十六公分乘五十四公分"，"顧衙""復泉"各占一面，"顧衙"一面右側有小字："崇禎七年四月□"，可知此四字爲明崇禎七年四月刻。自"復泉"而左，"義井"二字各占一面，再次一面則題記小字，共七行，字數不等。經顧元昌"諦審繹讀"，井闌刻文爲：

長洲縣武丘鄉彩雲里眷（下泐，行）夫沈□□□（行）亡妻王氏二娘，法名妙淨，享年三十歲□（行），月二十日爲生產，在本家身亡，同父王□（行）□建造義井，普施十方，所得諸功德（行）。亡妻名妙淨承慈（行）。紹定三年十二月日謹題（行）。

井闌拓片

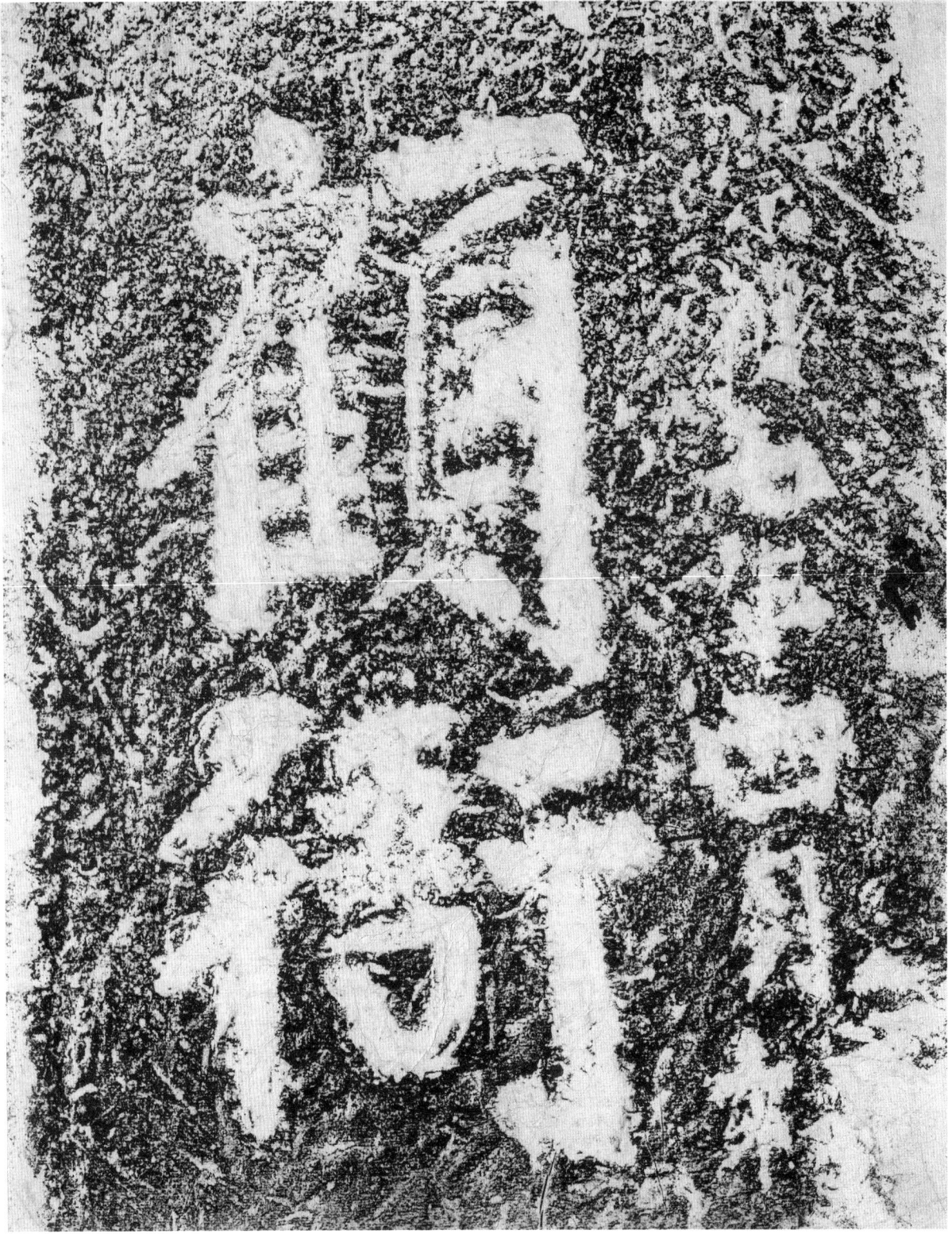

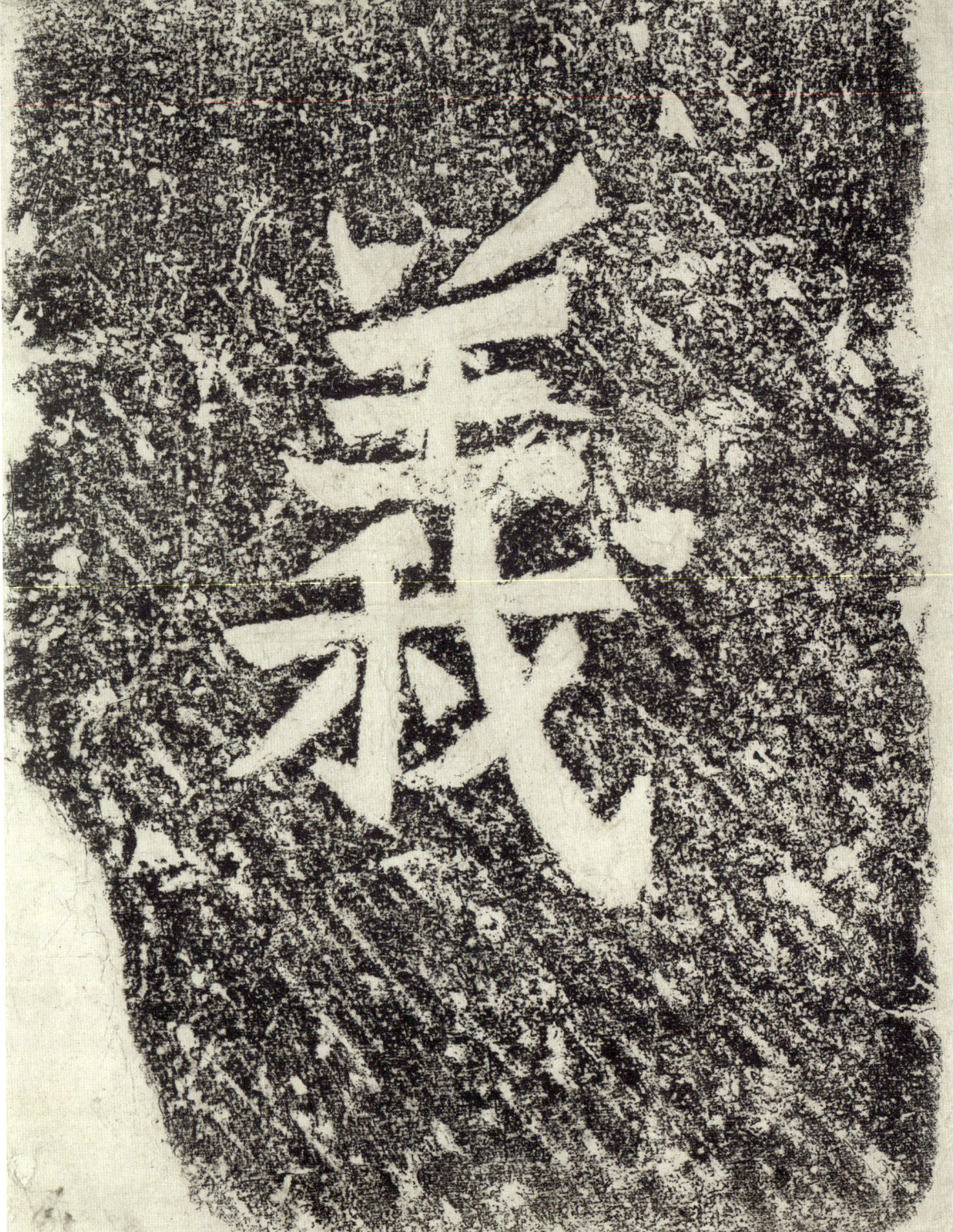

如葉昌熾《語石》所言:"大凡年月題字之前,必有義井兩大字,如碑額,陰文深刻。"此銘文與義井二字當爲宋紹定三年十二月刻。

1929年11月,顧元昌寫下一篇長文,記述了發現井闌的過程及自己的見解。在他的記述中,這個井闌雖曾見諸文字記載,但均不夠精準。他在葉昌熾《語石》之外,特別列舉了程祖慶《吳郡金石目》、馮桂芬《蘇州府志》"金石門"、孫星衍《寰宇訪碑錄》中所記:

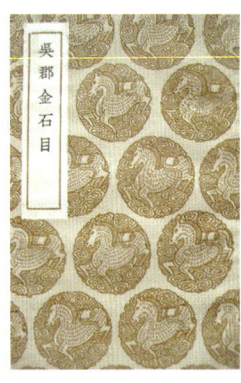

《吳郡金石目》謂顧衡復泉井闌題記,紹定三年,正書,在葑門望信橋邊。馮校邠《府志·金石門》誤入"天賜莊義井題記",不知天賜莊另一義井僅刻年月,并無題記,且其文駁泐不可辨。孫伯淵《寰宇訪碑錄》亦謂"天賜莊前義井題字,正書,紹定三年十二月。江蘇吳縣"等語,正皆潤二而一也,實則衣冠優孟,不可強同。

歲乙卯先君子營新第于嚴衡前之東朱竹石觀察故居也方葺西院余偕伯兄菊畦姊弟杏林隨侍循視瞥見一井欄石盡甃入古甎蘚摩沙手文曰顧衡渡泉先君子詒之曰此即葉琴笙緣紫衣侍講所謂千荒榛瓦礫中竟不可得者不圖發現一旦物之顯晦弦有時乎遂相顧欣喜要置於結衡草廬之東序顏其室曰渡泉山館薦与於漢橋管民亭泉對崢蔦敬復泉之箸於錄者侍講以外有程稚衡美鄘金石目謂顧衡復泉井欄題記紹定三年正書在對門望信橋邊馮校邠府志金石門誤入

天賜莊義井題記不知天賜莊另一義井僅刻年
月並無題記且其文駁泐不可辨孫伯淵寰宇訪
碑錄亦謂天賜莊前義井題字止書紹定三年十
二月江蘇吳縣等語正皆瀾二而一此實則衣冠優
孟不可強同長子廷龍喜究金石文字因舍攜氈墨
椎拓全欄諦審纍讀欄為八面每面二十六公分乘
五十四公分自渡泉而左次囘義井再次則題記小
字畧有剝蝕凡七行字數不等囘長洲縣武丘鄉彩
雲里春行下泐夫沈口口口行止妻王氏二娘法名妙淨享
年三十歲口行月二十日為生產在本家身亡同父王

□行□建造義井普施十方所得諸功德行此妻名
妙淨承惠行紹定三年十二月日謹題行共占五面
程氏未嘗備載按顏記長洲縣武丘鄉云〻為今之
虎邱坿近不知此欄何以轉展在對溪細嚴記中
生產下三字似為本家身已同父王口口建造義井
疑武立鄉為已者之夫家此者殘于母家或在嚴
衙前与天賜莊之間其夫其父同建井于此平柳嚴
衙前原為積慶寺前巷民間浚井必舍業林今寺
廢而欄者平韓普祖姑丈履鄉部郎謂宋元人造
橋開井多為追薦而作此此其一也惟復泉太面刊

曰顧衛有崇禎七年四月字樣程葉兩家均未之及嘗
閱顧景濤吳門表隱有顧桂里麒自常熟移居天
賜莊研精經學隱居教授鄉謐文莊又顧湘舟吳
郡五百名賢圖贊有顧宗孟字巖宸長洲人居天
賜莊少孤母莊守節教之萬曆間成進士今顧衛兩
字不出于彼即入于此或三公中有為之主者乎然非可
臆定始志待攷夫升欄鐫字始見於梁天監丙子玉
趙宋而極盛与六朝皓象李唐之經幢同用以資冥
福故宋欄之在我吳中至今存可十數其題記輒
曰施舍而以己於產者為尤兢兢今俗稱婦人多生

育已後須入血湖池池有高城以扁固永墮冥劫於是釋家糊彩紙為城調水糖為湖衣躰袈裟戟指詛說旋即剜其城啖其水以為池澗而靈超脫與前人造井之義若合符節往時民俗不見戴籍執此倒彼彷彿十一宜古物之可寶也已吾家井欄楚失楚澤樂石良緣似有前空惜不克起侍薩而一与質證余自丁巳迨今變憂郵不遑筆扎越十有五年始厲見曹打而出之識其厰家回憶苓聆庭海不復可游執筆為之泫然己巳十一月顧元昌記于渡泉山館子廷龍廷鳳侍

對於爲何在明崇禎七年補刻有"顧衙復泉"四字，顧元昌也做了分析：

惟復泉右面刊曰顧衙，有崇禎七年四月字樣，程、葉兩家均未之及。嘗閱顧景濤《吳門表隱》，有"顧桂里麒，自常熟移居天賜莊，研精經學，隱居教授，鄉諡文莊"。又顧湘舟《吳郡五百名賢圖贊》有："顧宗孟字巖叟，長洲人，居天賜莊。少孤，母莊守節教之，萬曆間成進士。"今"顧衙"兩字不出於彼，即入於此，或二公中有爲之主者乎？然非可臆定，姑志待考。

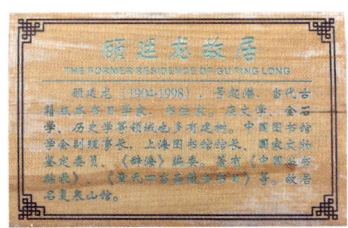

顧廷龍故居銘牌及顧宅介紹

　　顧祖慶所購住宅在原嚴衙前,今爲"顧廷龍故居"。《蘇州名門望族》(張學群等編著)有記:"顧廷龍故居在十梓街原 56 號,本晚清署江蘇按察使、布政使朱之榛(民間呼爲朱瞎子,以能斷案著稱)宅。"

　　朱之榛(? —1909),字仲蕃,號竹石,浙江平湖人。朱善旂之子,以蔭生授官。歷蘇州府總捕同知至淮揚道,先後署督糧道、按察使、布政使十餘次。任職江蘇四十年,辦海運,管釐稅,清釐田賦,皆有績效,宣統元年卒。

　　朱之榛前此宅屬何人,似無記載,故顧元昌文中對於井闌爲何在朱之榛舊宅中、爲何刻有"顧衙復泉"留下了一個懸念:"非可臆定,姑志待考。"

顧氏老宅大門

對於"復泉"一意，册頁中宗舜年先生題記有解釋："繹'復泉'命名之義，蓋崇禎中重浚義井，以紹定舊闌復其上，故題曰'復泉'。"

顧元昌寫下這篇文章的時候，其長子顧廷龍二十六歲，已從上海持志大學國學系畢業，此時的顧廷龍對古籍目錄版本的彙校已頗有建樹。按照父親顧元昌的要求，并將井闌拓片和父親的文稿裝裱成此册頁。

此後的十多年中，顧元昌和顧廷龍先後邀請親朋好友近五十人在册頁上留言題記，計有王同愈、容庚、姚光、吳湖帆、金天羽、王懷霖、顧柏年、張一麐、王季烈、吳梅、徐中舒、商承祚、許厚基、宗舜年、汪榮寶、許同莘、錢玄同、黃子通、胡適、聞宥、郭紹虞、潘昌煦、俞陛雲、章鈺、祝廉先、吳雷川、商衍鎏、唐蘭、張爾田、劉節、胡玉縉、林葆恒、費樹蔚、胡樸安、王謇、張元濟、陳敬第、潘承弼、章炳麟、葉景葵、單鎮、楊鍾羲、夏孫桐、邵章、李宣龔、錢鍾書、劉承幹、葉恭綽等。

辛未長夏偕希白錫永二兄訪古吳中蒙
竹庵先生招飲於嚴衛新宅獲觀此冊風
流餘韻足繼前踪寫此以志景往中龢謹記

辛未六月番禺商承祚拜觀顧筠復泉井欄于復泉山館

二十年八月吳興許厚基敬觀

江左井闌文字自以梁天監為魁首宣統初溧陽觲部攜歿舊京政
革以來溧陽長物盡出殆不可蹤迹矣程氏吳郡金石目著錄井闌之在
郡城者自宗元凡二十有七丁云極盛矧氏復泉久湮
竹庵先生奉親養志卜宅於嚴衛前復泉乃重出於榛莽中此
德門瑞應此澤復泉命名之義蓋崇禎中重浚義井以紹定舊闌覆
其上故題曰復泉今日楚弓楚得寜顧
竹庵先生趾美前徽重施義井題名闌右為碩衛增一亦賓輝映三
朝石尤為盛事歟辛未秋七月江寧宗舜年敬題

1981年10月2日，顧廷龍先生寫信給蘇州博物館時任館長張英霖先生，將蘇州老家保存的井闌實物捐贈蘇州博物館。信中寫道：

英霖（霖）館長：

日前參觀貴館，多蒙指導，無任感荷！為複印柳亞子先生手札事，特囑我館肖斌如同志趨前面洽一切，幸指教。

寒家舊藏南宋紹定井闌，現儲存紅旗東路56號。請派人往找舍弟顧廷鶴同志領取。他祇有星期六（廠休）在家。

另有題詞一冊，俟加跋後再攜呈。此致

敬禮！

顧廷龍 1981/10/2

顧廷龍致張英霖信

上海图书馆

英雪馆长：日前参观贵馆，多蒙指导，无任感荷！前复印柳亚子先生手札事，特嘱我馆肖斌如同志趋前面洽一切，幸指教。

寒家旧藏南宋绍定井阑，现储存红旗东路56号。请派人前往找舍弟顾廷鹤同志领取。他只有星期六（下午休）在家。

另有影词一册，俟加整理后再携呈。此致

敬礼！

顾廷龙 1981/10/

顧廷龍先生在信中表示要爲這本册頁撰寫一篇跋。他還曾將此册頁中的題記進行抄錄。這些都充分說明他對井闌和這部册頁的重視。遺憾的是盛年不重來，歲月不待人，顧廷龍先生未能做完這件事便離世。

　　册頁中題字者均爲清末民初的精英名流、文人雅士，留下的墨迹熠熠生輝。他們憑藉自己的聰慧、道德、人品，運用廣博的文史知識將久遠的歷史拉近，用精湛的書法藝術寫下自己對歷史和社會的邃密探究和對民族危難的深切關注，集體創造了一部珍貴的中國傳統文化精品。册頁題字較爲集中的是在 1931 年及以後，那又是中華民族遭際劫難之時。題記者在抒發思古幽情的同時，更多地是表述着自己對國家命運的擔憂。

　　歷史的印記層層疊加，如同年輪，生生不息。一本册頁，可以讀出太多不應被忘却的記憶！

師元光
2017 年 10 月

復泉圖詠

宋紹定井闌題字橅緣

歲乙卯先君子營新第于嚴衛前之東朱竹石觀察故居也方葺西院余陪伯兄菊晴姊弟杏林隨侍循視瞥見一井闌石盡甃入古剔蘚摩挲漬文曰顧衛後先君子詔之曰此即業年丈緣蔭侍讀所謂于丁荒榛瓦礫中覓不可得者不圖茲現一旦物之晦顯有時乎遂相欣忻喜亟置於結鄰卉廬之東序顏其室復泉山館冀与杉漬橋館氏亭泉對峙各故復泉之著於錄者侍讀以外有程雅衛吳鄖金石目碩衛後泉井闌題記紹定三年正書門譔信橋遺馮般鄧厨志金石門侯入天賜莊義井題記不知天賜莊另一義井僅刻年月益參題記且貽文駿勱不弓辦孫伯淵寰宇訪碑錄六謂天賜莊前義井題字正

復泉圖詠 一 醿古定廎

錢鍾書的軼詩三首（代跋）

片石韓陵拓尚完，早秋執熱一傳看。
不須汲古求修綆，二八飛泉想已寒。

舒王欲奪謝公墩，占領徐潭有後村。
爭似君家還舊物，一闌識井便知門。

摘去驪珠剩爪鱗，綴名那得句如神。
矜狂差異諸裹七，跐跚題詩慣後人。

　　這是錢鍾書在顧廷龍所藏《宋紹定井闌題字冊》中的題詩三首，不見於《槐聚詩存》中。去年2月的一個深夜，尚在丙申春節假裏，接到沈津先生自美國越洋來電，命節後與顧廷龍先生哲嗣顧誦芬院士聯絡，因其擬將家藏《宋紹定井闌題字冊》捐贈蘇州博物館。經過大半年的電話、電郵的溝通，從生疏到漸漸熟悉，終於在11月下旬，趁着冬季第一場雪後，赴京面謁顧誦芬先生，將《題字冊》携回蘇州，完成了顧廷龍先生三十五年前未完成的心願。
　　這一切的開始，都源於1981年10月下旬顧廷龍先生的蘇州之行。《顧廷龍年譜》此年10月下旬載，顧先生由吳織陪同，赴南京參加有關《中國古籍善本書目》的工作會議，會後過蘇，在西園寺觀看血書佛經，并未提到捐贈南宋紹定井闌事，以及此《題字冊》。

幸而在同事朱君的協助下，於檔案中檢出顧廷龍先生信札一通，揭示了此事的原委：

英靈館長：日前參觀貴館，多蒙指導，無任感荷！爲複印柳亞子先生手札事，特囑我館肖斌如同志趨前面洽一切，幸指教。寒家舊藏南宋紹定井闌，現儲存紅旗東路56號。請派人往找舍弟顧廷鶴同志領取。他祇有星期六（廠休）在家。另有《題詞》一冊，俟加跋後再携呈。此致敬禮。顧廷龍。

"英靈館長"即本館老館長張英霖。顧老寫信使用的是上海圖書館的小信箋，時間爲1981年10月28日。據檔案所記，宋紹定井闌於同年11月，由館中前輩往顧氏復泉山館老宅取得。但信中所說的《題詞》大冊未見入藏的記錄。經沈津先生提示，纔知此冊原件仍藏於顧誦芬院士處，係顧老晚年移居北京，隨身携去之物。另有顧老抄錄副本一冊，存於沈津先生廣州寓所。適同年11月上旬，赴中山大學參加目錄版本學會議，會後先將顧老抄本帶回蘇州，旋與原件一并以顧誦芬先生名義，捐存館中。

南宋紹定井闌因有"顧衙""復泉"字樣，故又名復泉井闌。是民國四年（1915），顧老祖父在購得的嚴衙前新宅中發現的。十五年後，由於長子顧廷龍喜究金石文字，顧元昌於是命他椎拓全闌，自己作了考證："闌爲八面，每面二十六公分乘五十四公分，自復泉而左，次曰義井，再次則題記，小字略有剝蝕，凡七行，字數不等，曰長洲縣武丘鄉彩雲里眷（下泐，行）夫沈□□□（行）亡妻王氏二娘，法名妙淨，享年三十歲□

(行),□月二十日爲生產,在本家身亡,同父王□(行)□建造義井,普施十方,所得諸功德(行)。亡妻名妙淨承慈(行)。紹定三年十二月日謹題(行)。共占五面。"時在民國十八年(1929)11月。

拓本旋即被裝成大册頁,請王同愈題簽,并作跋,時已到次年(1930),從王同愈開始,題跋者依次有金松岑、王懷霖、顧柏年(子顧頡剛侍)、張一麐、王季烈、吳梅。其中,金松岑《顧衙復泉井闌題記題辭》收入《天放樓詩集》卷十二,改題爲《顧衙復泉井闌題記爲顧竹庵(元昌)》,僅小序第一句《題字册》中手迹作"竹庵先生宅嚴衙前",編入《詩集》已改"竹庵尊人買齋于嚴衙前",末尾多"庚午七月,吳江金天羽鶴望"一行,點明題記時間。後接王同愈之子王懷霖(董成)題詩,其中"茲本南渡紹熙詒,明季顧衙亦附款"一句,顧老抄本改"紹熙"爲"紹定",此詩後收入顧老爲舅舅所編《董成詩存》石印本中。張一麐題詩收入《心太平室集》卷九,題爲《顧竹庵藏宋井闌屬題》(聞有宋紹定題記,并明崇禎七年刻"顧衙復泉"四字),原册手迹末多"辛未清明節後,竹庵姻世仁兄命題,東吳張一麐"一行。張、王、吳三家題於1931年。

同樣題於1931年者,還有容庚、商承祚、徐中舒、許博明、宗舜年。其中容、商、徐三人這年夏天結伴到蘇州訪古,顧老父子宴之於家中,乃獲見此册。容庚并爲題寫引首。

1932年題者有汪榮寶、許同莘、錢玄同、黃子通、胡適、聞有、郭紹虞、潘昌煦、俞陛雲、章鈺,應該是顧老將此册携帶北上,請在北平的師友觀賞時陸續所跋,章鈺落款提到在"舊都織女橋寓齋

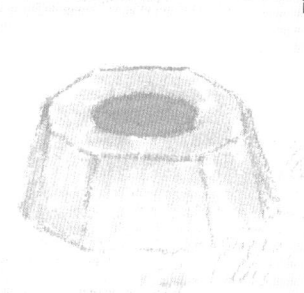

記"。1933年，題者有十人，依次爲祝文白（吴雷川書）、商衍鎏、唐蘭、祝文白重題、張爾田、劉節、胡玉縉、費樹蔚、胡樸安、王謇（佩諍）、潘承弼，胡玉縉以前六家均是在北平所題，費氏以後各家，爲南歸後所題。蓋本年顧元昌病重，不久去世，顧老返鄉視疾并料理喪事，將此册帶回蘇州，事詳拙作《癸酉夏初已歸省》一稿。1934年至1939年間題者有章炳麟、葉景葵、張元濟、單鎮、楊鍾羲、夏孫桐、邵章、李宣龔、陳敬第等九家，章題於1934年，單、邵題於1939年，葉、張、李、陳爲上海私立合衆圖書館的創始人，也應是1939年顧老南下出任合衆圖書館總幹事後所徵題。1941年題者有劉承幹、葉恭綽，1942年題者有林葆恒。1943年，姚光爲作《復泉山館後記》，而今書於册首，與1930年6月吴湖帆所繪《宋井闌顧衛復泉圖》相對。

　　錢鍾書題詩，最後落款作"起潛學人先生雅教。錢鍾書"，并未寫明時間。題寫的位置在李宣龔之後、劉承幹之前，但從原册諸家題跋來看，前後之間并不存在嚴格的時間順序。所幸沈津先生的《顧廷龍年譜》據顧老日記所載，提到1944年9月5日"錢鍾書爲題宋闌七絕三章"，應該就是指這三首詩。然則，錢先生應該是此册最後一位題跋者。那爲何最後未收入《槐聚詩存》，恐怕他還是覺得沒有找到"句如神"的感覺吧！

李軍
2017年11日

圖書在版編目（CIP）數據

宋紹定井闌題字冊 / 顧廷龍編. ——北京:國家圖書館出版社, 2018.2
ISBN 978-7-5013-6354-4

Ⅰ.①宋… Ⅱ.①顧… Ⅲ.①詩集－中國－民國②散文集－中國－民國 Ⅳ.①I216.1

中國版本圖書館CIP數據核字（2018）第020394號

書　　名	宋紹定井闌題字冊	
著　　者	顧廷龍　編	
責任編輯	王燕來	
裝幀設計	一點文化·邱特聰	
出　　版	國家圖書館出版社（100034　北京市西城區文津街7號）	
	（原書目文獻出版社　北京圖書館出版社）	
發　　行	010-66114536　66126153　66151313　66175620	
	66121706（傳真）　66126156（門市部）	
E-mail	nlcpress@nlc.cn（郵購）	
Website	www.nlcpress.com →投稿中心	
經　　銷	新華書店	
印　　裝	北京圖文天地制版印刷有限公司	
版　　次	2018年2月第1版　2018年2月第1次印刷	
開　　本	787×1092（毫米）　1 / 16	
印　　張	2.5	
書　　號	ISBN 978-7-5013-6354-4	
定　　價	300.00圓	